Rüdiger Schneider

# Bienenstiche

Personen und Handlung sind frei
erfunden, Ähnlichkeiten oder gar
Übereinstimmungen mit Namen rein
zufällig.

Rüdiger Schneider

# Bienenstiche – Anekdoten aus der Weinstube

Bibliografische Information der Deutschen Nationalbibliothek: Die Deutsche Nationalbibliothek verzeichnet diese Publikation in der Deutschen Nationalbibliografie; detaillierte bibliografische Daten sind im Internet über http://dnb.d-nb.de abrufbar.



Verlag: BoD · Books on Demand GmbH,
In de Tarpen 42, 22848 Norderstedt
Druck: Libri Plureos GmbH, Friedensallee 273,
22763 Hamburg

ISBN: 978-3-7693-1798-5

# Inhalt


Bienenstich ..... 7

Ballonfahrt ..... 13

Die Urne ..... 21

Fliegender Teppich ..... 22

Crickentenjagd ..... 23

Gigolo ..... 25

Mann ohne Knast ..... 29

Eingemauert ..... 32

Der Zauberer ..... 38

Immer donnerstags ..... 40

Casa Mamma ..... 41

Schneewittchen ..... 50

Eingeklemmt ..... 52

Pastorales Gespräch ..... 57

Ein geschlagener Mann ..... 61

Theresa ..... 64

Merkwürdiger Bestattungswunsch ..... 66

Analoge Zeiten ..... 69

Esoterikerinnen ..... 71

Die Schweine-Rutsche ..... 73

Maja ..... 75

# Bienenstich

Andere sammeln Briefmarken. Ich sammle Geschichten. Glücklich verlaufende und unglückliche. Der Ort, an dem ich sammle, ist eine Weinstube in Bad Breisig. Die kleine Straße dort heißt ‚Biergasse‘. Nur fünfzig Meter entfernt fließt der Rhein. Der Wirt singt ab und zu, setzt sich eine Perücke auf mit langen, blonden Haaren und schmettert das Lied von der Loreley, also jener Jungfrau, die auf einem Felsen sitzt und mit ihrem Gesang die vorbeifahrenden Schiffer verzaubert, so dass sie nicht mehr auf die Passage achten und verunglücken. Sie hätten sich, wie damals der Odysseus, lieber festbinden lassen und den mitfahrenden Matrosen die Ohren verstopfen sollen. Haben sie aber nicht. „Ich weiß nicht, was soll es bedeuten.“

Andere Lieder sind echte Gassenhauer. „Du zuckersüßes Mädchen, komm sei mein Schokolädchen!“ Die ganze Weinstube singt dann aus vollem Hals mit.

Und auch bei „Amore, Amore, Signora, Signore.“

Seit zwanzig Jahren besuche ich diese Weinstube. Da hört man so einiges. Vor allem, wenn Wein und Bier die Zunge gelockert haben. Tratsch und Klatsch. Geschichten und Gerüchte schießen hoch wie Pilze nach einer warmen Regennacht, manche harmlos, andere giftig und halluzinatorisch wie der Fliegenpilz. Wer mit wem? Wer wieder ohne wen? Ein Kaleidoskop des bunten Lebens.

Ich bin ein emsiger Sammler und Zuhörer. Die erste Geschichte, die mir zu Ohren kam, hat mir Max erzählt. An dem Tisch draußen am Eingang, wo man eine Zigarette rauchen kann. Max sitzt im Rollstuhl. Ich hatte ihn nach draußen geschoben, und er fing an zu erzählen. Max ist siebzig, seit fünf Jahren querschnittgelähmt. Aber eigentlich ist er fröhlich. „Solange ich noch Wein trinken kann", sagt er, „geht es mir gut. Laufen will ich sowieso nicht mehr. Wohin auch? Ich lass mich lieber schieben."

Ich frage ihn: „Was ist eigentlich passiert? Ein Unfall?"

„Kann man so nennen oder auch nicht. Ist wie gesagt fünf Jahre her. Meistens, siehst du ja selbst, ist das Publikum in der Weinstube schon in die Jahre gekommen. Aber an diesem Abend, es war Altweiberfastnacht, kam ein junges, verdammt hübsches Weib. Sie mochte dreißig oder fünfunddreißig Jahre alt sein. Ich frage Frauen nicht nach dem Alter. Ich guck sie mir nur an. Den Namen weiß ich aber. Karla. So jedenfalls hat sie sich genannt. Sie hatte lange, schwarze Haare, die bis auf die Brüste fielen, und trug ein gelbschwarzes Bienenkostüm. Strümpfe ringelten sich an schönen Beinen bis hoch an die Knie. Ein knapp sitzendes Röckchen, das beim Tanzen emporwippte, ließ einen mit Spitzen besetzten roten Slip sehen. Mit dem Kostüm hätte sie in der Frauenmannschaft von Borussia Dortmund spielen können. Natürlich nicht mit den hochhackigen Stöckelschuhen, die sie anhatte. Nun, dachte ich, an Altweiberfastnacht sind die Frauen besonders zugänglich, ja recht locker. Junge, versuch dein Glück. Ich habe sie zum Tanzen aufgefordert. Bei einem flotten, recht lasziven Karnevalsschlager. ‚Tippi, Tippi, Topp, macht das Schwänzlein plopp.‘

Sie lacht, erzählt mir, sie sei Heilpraktikerin, Spezialgebiet Akupunktur. Sie sieht mich schelmisch und herausfordernd an, sagt: ‚Ich habe eine Entdeckung gemacht, einen besonderen

Punkt neben LWS 5, Lendenwirbelsäule. Steckt man dort ein Nädelchen rein, steigert das die Libido ungemein. Ich habe es allerdings noch nie ausprobiert.'

Oh, meinte ich – da hatte ich schon fünf Gläser Wein getrunken – das glaube ich nicht. Das wäre ja ein Riesengeschäft. Statt teures Viagra ein kleiner Pieks mit einer Nadel. Aber bitte, wollen Sie mich nicht überzeugen, dass es stimmt, die Lust steigert? Die ist allerdings bei einer so schönen Frau, wie Sie es sind, schon groß genug. Noch ein bisschen mehr wäre aber nicht schlecht. Darf ich Ihr Versuchskaninchen sein?"

‚Aber nur heute', antwortet sie. ‚Und unter streng wissenschaftlichem Aspekt. Danach kennen wir uns nicht mehr.'

Ich hatte schon vom Tanzen einen Riesenständer und sagte sofort ‚Ja!'

‚Dann trinken wir jetzt noch ein Glas Wein', meinte sie ‚und gehen danach. Ich habe hier gegenüber der Weinstube ein Zimmer im Hotel ‚Rheinischer Hof'. Das sind nur ein paar Meter.

Ich habe mein Glas in einem Zug geleert, voller Ungeduld, während sie sich etwas mehr Zeit ließ. Dann sind wir zum Nachteingang des Hotels gegangen. Es war schon 22 Uhr. Sie schließt die Türe auf, es geht eine Treppe hoch, Zimmer Sieben im ersten Stock. Sie zieht sich rasch das Kostüm aus und den Slip. Auf dem Nachttisch stand ein hölzernes Kästchen mit einem eingeritzten, chinesischen Drachen auf dem Deckel. Ach, sagte ich, da ist das Wunderwerkzeug drin?"

‚Ja, das ist mein Besteck. Alle Nadeln sind vergoldet. Sie brauchen keine Angst zu haben, falls Sie gegen Nickel allergisch sind.'

Ich konnte es kaum erwarten. Sie legt sich im Bett auf den Rücken, ich mich auf sie, während sie sich mit der rechten Hand an dem Kästchen zu schaffen macht. Schließlich musste sie die gesuchte Nadel gefunden haben, tastete mir mit der linken den Rücken entlang, landete etwas oberhalb der Hüfthöhe. Dabei zählte sie die Wirbel ab, drückte mit dem Zeigefinger schließlich auf eine bestimmte Stelle, sagte: ‚Da ist er. Das ist der Punkt.' Zack, stieß sie mir die Nadel hinein. Ich habe vor Schmerz laut aufgeschrien und dachte, mein Körper fliegt an die Decke. Sie zieht die Nadel heraus, der irre Schmerz blieb und war nicht auszuhalten. Meine Lust war gänzlich zum Teufel

gegangen. Ich stöhnte und heulte nur
noch.

‚Oh‘, meinte sie, ‚da habe ich mich wohl
um ein paar Millimeter vertan. Tut mir
leid. Ich bringe Ihnen eine Schmerztablette
und ein Glas Wasser.‘

Sie schiebt mich von sich, zieht sich an,
verschwindet, kommt aber nicht wieder.
Ich versuche aufzustehen, merke aber,
dass mir meine Beine nicht gehorchen. Ich
konnte sie nicht bewegen, blieb regungslos
auf dem Bett liegen. Die Dame mit dem
Bienenkostüm kam nicht mehr, blieb
verschwunden. Schließlich gelang es mir,
zur Bettkante zu robben, nach dem Telefon
zu greifen. Ich alarmierte die Rezeption.
‚Ich brauche Hilfe‘, sagte ich. Die
Hotelbesitzerin kam. Eine peinliche
Situation. Ich nackt auf dem Bett, mich vor
Schmerzen windend. ‚Ich kann meine
Beine nicht mehr bewegen‘, stöhnte ich.
‚Bitte rufen Sie den Notarzt!‘ Als der mit
einem Sanitäter kam, war es wieder
peinlich. Wie sollte ich meine Lage
erklären? Ich habe mich akupunktieren
lassen, um die Lust zu steigern? Konnte
ich nicht sagen. In Bad Neuenahr, in der
Klinik, haben sie erst ein CT gemacht, weil
sie auf einen Schlaganfall tippten. Dann

haben sie den Rücken untersucht und festgestellt, dass da ein tiefer Einstich war. Der Nerv war unwiderruflich zerstört. Da ließ sich nichts mehr reparieren. ‚Wer hat Sie denn da gestochen?‘ fragte der Arzt. ‚Muss ja eine Stricknadel gewesen sein.‘ Da musste ich die Geschichte gestehen. So, jetzt wissen Sie, warum ich im Rollstuhl sitze.“

„Und die Frau im Bienenkostüm?“ wollte ich wissen. „Sie haben sie wiedergetroffen, vielleicht sogar angezeigt?“

„Nein, das ging nicht. Sie hatte unter einem falschen Namen und mit einem falschen Ausweis eingecheckt, blieb unauffindbar. Sie sehen also, mein Lieber, und den Rat darf ich Ihnen geben, gehen Sie niemals mit einer Fremden auf ein Hotelzimmer. Und an Altweiberfastnacht schon gar nicht!“


## Ballonfahrt

Wenn man einmal nicht aufgepasst hat, also unachtsam war, muss das nichts Schlimmes bedeuten. Im Gegenteil. Man kann dann sogar im Glück landen. So jedenfalls war die Geschichte, die ich vor einigen Jahren von einem schon älteren Herrn hörte. Wir standen beide draußen vor der Weinstube, rauchten, unterhielten uns.

"Auch auf der Suche nach einer Frau?" begann er unvermittelt ein vertrauliches Gespräch.

"Nein, nein", antwortete ich. "Als schon älteres Semester ist man nicht mehr so wild hinter den Röcken her. Ich trinke lieber in Ruhe meinen Wein.

"Und wie alt sind Sie, wenn ich fragen darf?" wollte er wissen.

"72. Da hört das Sechstagerennen der Hormone langsam auf", verriet ich ihm. "Und Sie? Wie alt sind Sie?"

"Ein paar Jährchen mehr. 78. Ich muss hier auch nicht unbedingt etwas finden. Obwohl die meisten ja genau deswegen hierhin kommen. Außerdem: So etwas Schönes, wie ich hatte, finde ich so schnell nicht mehr. Und ist es nicht so, dass man dann etwas findet, wenn man nichts sucht?"

Damit hatte er mich neugierig gemacht. Ich nickte, bemerkte: "Ja, ja, Fortuna ist eine launische Dame und Amor ein hinterlistiger Bogenschütze. So scheint es

Ihnen ja ergangen zu sein. Wer war denn die Schöne?"

Er nahm einen tiefen Zug aus der Zigarette, blies einen Kringel in die Luft, blickte ihm nach, verdrehte die Augen. "Jamaica, Reggae, Rastazöpfe. Ein tolles Weib. Und stellen Sie sich vor: Die hab` ich nicht in der Karibik kennengelernt. Ein Zufall, dem ein Unglück vorausging."

Er lächelte, hing Erinnerungen nach, schwieg eine Weile.

"Was für ein Unglück?" fragte ich. "Spannen Sie mich nicht auf die Folter!"

"Ach so! Entschuldigung. Ein Unglück war es eigentlich nicht. Eher eine Unachtsamkeit, die schlimm hätte enden können. Nein, Unachtsamkeit auch nicht. Wenn Sie die ganze Geschichte wissen wollen…"

"Natürlich. Erzählen Sie schon!"

"Also, ich war sechzig. Eigentlich noch ein schönes Mannesalter. Meine Frau, mit der ich da schon zwanzig Jahre verheiratet war, wollte mit einem besonderen Ereignis ihren 58. Geburtstag feiern. Sie hatte mir einmal gesagt: `Heinz, ich würde gerne mal mit einem Ballon fliegen.´ Die nennen das nicht Fliegen, korrigierte ich sie, sondern fahren. Man fährt mit einem

Ballon. Es tat mir richtig gut, ihr einmal widersprechen zu können. Meistens machte sie das mit mir, gab Anweisungen oder meckerte herum. Und nach zwanzig Jahren Ehe ist sowieso die Luft raus. Aber ich dachte mir: Schenke ihr zum Geburtstag eine Ballonfahrt. So schön ruhig über Bonn schweben. Je nachdem, wie der Wind weht, den Rhein überqueren, den Westerwald von oben sehen oder in der Eifel landen. Der Wind bestimmt die Richtung. Gedacht, getan. Ich überraschte sie an ihrem Ehrentag damit. Eine Fahrt in einem Heißluftballon zu Zweit. Niemand sonst im Körbchen, außer natürlich dem Piloten. Ich hatte Gutscheine für eine romantische Abendfahrt besorgt. Abendfahrt heißt, es geht um sechs Uhr los. Es war August. Da ist es abends ja noch lange hell. Helene, meine Frau, ist ein Sonntagskind, war an einem Sonntag geboren worden, und an diesem Augusttag war gerade wieder ein Sonntag, ein schöner, warmer Tag. Gestartet werden sollte von der Bonner Rheinaue. Zuerst gab es die üblichen Sicherheitshinweise, die besonders die Landung betrafen. Die kann nämlich recht unsanft verlaufen, wenn das Körbchen auf den Boden knallt oder von Windböen über die Wiese oder den Acker geschleift wird. Nun gut, also dann zündete der Pilot den Gasbrenner, füllte die noch am Boden liegende Hülle mit heißer Luft. Der Ballon blähte sich auf, riesig, erhob sich vom Boden. `Zuerst die Dame in den Korb!´ wies der Pilot uns an. Er selbst war da schon reingeklettert, half dann auch Helene. Meine Aufgabe war es, die Sicherheitsleine zu lösen, die an einem Haken im Boden befestigt war. Mit der Leine in der Hand sollte ich dann rasch zum Korb kommen und auch hineinklettern. Ich löste also die Leine, der Ballon schaukelte in einem leichten Wind sanft über dem Korb, konnte sich noch nicht entschließen, in die Höhe zu steigen. Ich hatte die lose Leine noch in der Hand. Da kam diese verflixte Windböe, schob den Ballon samt Korb Richtung Rhein. Ich konnte ihn nicht halten. Der Pilot sah die kommende Gefahr, schaltete den Brenner auf die höchste Stufe. Helene blickte über die Korbbrüstung, schrie mir entgegen: `Du Trottel! Mach doch endlich mal was richtig!´ Da ließ ich die Leine los. Der Ballon stieg hoch, ohne mich. Helene schwebte dem Himmel entgegen, wurde immer kleiner. Endlich ist sie weg, dachte ich und schämte mich dafür. Damals hatten wir noch kein Smartphone, kein Handy. Die Verbindung war also weg, wir konnten uns zu nichts verabreden. Was machst du jetzt? dachte ich. Nach Hause? Warten? Nein. Ich ging zu Fuß den Rhein entlang bis zum Zollamt, bog dann in die Innenstadt, landete in einem irischen Pub, der nach dem Dichter James Joyce benannt ist, setzte mich dort an die Theke, bestellte mir ein großes Guiness. Kaum hatte ich den ersten Schluck genommen, da schob sich dieses Rastaweib neben mich auf den Hocker. 25 Jahre alt, hübsch, Superfigur, dunkle Haut wie Milchkaffee. `Na, da treffe ich Sie doch endlich mal alleine!´ sagte sie.

"Sie kannten sie also schon?" fragte ich.

"Ja. Sie war meine Studentin."

"Sie waren an der `Kaiser-Wilhelm-Universität´ in Bonn?"

"Nein, nein. Abendgymnaisum Bonn. Da hatte ich einen Kurs, DaF, Deutsch als Fremdsprache. Die Studierenden kamen hauptsächlich aus dem Iran, manche aus Bosnien. Und Sonya eben aus Jamaica, aus Kingston. Nun ja, an diesem Abend tranken wir zusammen Guiness an der

Theke, und dann legt sie plötzlich den Arm um meine Schulter, lächelt mich an und sagt: `Wenn ich Sie sehe, bekomme ich immer ein feuchtes Höschen.´ So einen Satz hätte ich gerne mal von Helene gehört. Ist doch nicht schlimm, meinte ich zu Sonya. Ist doch schön. Na ja, Sie können sich denken, wie das dann weiterging. Die Nacht habe ich in ihrem Studentenzimmer verbracht."

"Und Ihre Frau?" fragte ich. "Wie ging das denn weiter?"

"Nun, ich traf am nächsten Morgen zu Hause ein, so gegen Zehn. Helene war da schon in der Schule. Sie war Oberstudienrätin am Bonner Beethovengymnasium. Ich musste ja erst am Abend wieder zur Arbeit. Als sie gegen Mittag kam, gab es natürlich erst einmal Theater, Vorwürfe. `Wo bist du die Nacht über gewesen?´ Habe mich mit Kumpels in einer Kneipe getroffen und bin auf der Toilette eingeschlafen, redete ich mich heraus. Was Blöderes fiel mir nicht ein. Und du? Wie war die Ballonfahrt? `Wunderschön. Da hast du was verpasst.´ Und dann zeigte sie mir stolz eine Urkunde, die sie nach der Landung irgendwo an der Lahn erhalten hatte. `Ich bin jetzt Baronin der Luftfahrt´, sagte sie.

"Und mit Sonya", fragte ich. "Wie ging das denn weiter?"

"Ganz einfach. Am Vormittag, wenn meine Frau in der Schule war, vögelten wir auf ihrer Bude, hörten Reggae, Bob Marley, Peter Tosh und so weiter, tranken ein paar Gläschen Portwein, den sie sehr liebte. Gegen Mittag war ich wieder zu Hause oder auch erst am Nachmittag, wenn Helene mal wieder eine Konferenz hatte, die sich zu dieser Zeit Gott sei Dank häuften. Und als sie einmal für eine ganze Woche auf Klassenfahrt war, habe ich mich krankschreiben lassen und bin mit Sonya nach Sizilien geflogen."

"Sie hatten kein schlechtes Gewissen gegenüber Ihrer Frau?"

"Nein. Die Affäre mit Sonya dauerte ein Jahr. Es ging mir recht gut. Ich war fröhlich. Helenes Meckerei prallte an mir ab wie Wasser an einer Ente."

"Und jetzt? Sie vertragen sich wieder mit Ihrer Frau?"

"Ja, sehr. Sie ist tot. Aber am ersten November besuche ich immer ihr Grab und stelle dort eine Vase mit roten Rosen hin."

# Die Urne

Manche Geschichten sind kurz, können nur in Kleistscher Manier erzählt werden, also mit einer Knappheit, für die dieser deutsche Dichter mit seinen Anekdoten berühmt wurde.

Eine schöne, junge Kolumbianerin war mit einem schon wesentlich älteren Deutschen verheiratet, der ihr bei einem Deutschlandbesuch verstarb. Da er den Wunsch hatte, in Kolumbien, in Cartagena de Indias, bestattet zu werden, wollte sie seinem Wunsch entsprechen und die Asche dorthin überführen. Was erlaubt ist, wenn man die Asche als Handgepäck mit in den Flieger nimmt. Das Behältnis muss bei der Flughafenkontrolle für die Röntgenstrahlen durchleuchtbar, darf also nicht aus Metall sein. Meist handelt es sich um diskrete Boxen aus Maisstroh, die zugleich den Vorteil haben, umweltfreundlich zu verrotten.

Während nun einige Dokumente geregelt werden mussten, wohnte die Kolumbianerin im Haus ihres Stiefsohnes, also des Sohnes ihres Mannes aus erster Ehe. Die Urne versteckte sie dort in einem Schrank, wovon der Sohn nichts wusste.

Als sie kurz vor dem Flug mit der Maisstrohbox im Zimmer stand, kam der Sohn hinzu und fragte: "Was ist das?"

"Das ist dein Vater", sagte sie.

## Fliegender Teppich

Auch die folgende Geschichte entbehrt nicht einer gewissen Knappheit. Sie zeigt die Einfalt mancher Leute. Oder zumindest tun sie so, wenn sie sich etwas wünschen.

In die Weinstube kam des öfteren ein schon älterer, aber immer noch gut aussehender, weißgraumelierter Iraner. Eine noch ältere Dame, der man aber nachsagte, dass bei ihr noch alles funktioniere, interessierte sich sehr für ihn.

Eines Abends, als sie an einem Tisch beisammen saßen, sagte der Iraner: "Ich habe zu Hause einen fliegenden Teppich."

"Du spinnst!" meinte die Dame. "So etwas gibt es nicht."

"Doch, doch! Bei uns ja. Es gibt viele Dinge zwischen Himmel und Erde, die man nicht erklären kann. Wenn wir ausgetrunken haben, komm mit und überzeuge dich. Wir legen uns auf den

Teppich. Du sagst mir, wo du hinwillst. Ich spreche mit dem Teppich und im Handumdrehen sind wir da."

"Nun gut", sagte die Dame. "Glauben kann ich es nicht. Aber sehen will ich es trotzdem. Es gibt ja tatsächlich manches, was man nicht erklären kann. So ist mir zum Beispiel bis heute nicht klar, wie man im Fernsehen von weither Bilder übertragen kann."

"Siehst du", bemerkte der Iraner, "mit dem Teppich ist das genauso."

Die Dame kam also mit, bewunderte den kostbar gewebten Teppich im Wohnzimmer des Mannes. Der holte zwei Gläser und eine Flasche Wein, goss die Gläser voll, sagte: "Reiseproviant. Wenn wir ausgetrunken haben, leg dich auf den Teppich und zieh dein Höschen aus. Dann fliegen wir."

## Crickentenjagd

An einem der Abende stand draußen an dem Tisch eine ebenfalls rauchende und schon ältere Dame neben mir und fragte mich in einem jovialen Ton: "Was hast du denn früher so gemacht?"

Da ich schon einige Gläschen Wein getrunken hatte und zum Scherzen aufgelegt war, antwortete ich: "Ich war Taucher bei der deutschen Marine."

Sie musterte mich von oben bis unten, sagte: "Was!? So ein schmales Hemd wie du! Du weißt, man darf nicht flunkern. Das kann schlimm enden. Gott habe meinen Mann selig. Der hat auch das Flunkern geliebt und ist daran gestorben."

Damit hatte sie meine Neugierde geweckt, und ich fragte: "Wie das denn? Was ist passiert?"

"Na, der Bruno war Jäger, hatte auch zwei Gewehre. Einmal hat er mich mit nach Norddeutschland genommen zur Crickentenjagd. `Die triffst du auch´, hat er gesagt. `Die sind riesengroß, größer als der Vogel Strauß.´ Heute weiß ich, dass die Crickenten klein sind. Aber damals habe ich ihm geglaubt. `Als Sportler´, hat er mit stolzer Brust erzählt, `schieße ich die nur, wenn sie in der Luft sind. Du aber darfst sie für den Anfang auch am Boden treffen.´

Nun ja, Crickenten schießt man am frühen Morgen, wenn es noch dunkel ist. Ich lag da im Gras, das Gewehr im Anschlag und habe nicht bemerkt, dass mein Mann sich entfernt hatte. Er war zu einem Gebüsch geschlichen, um eine Ansammlung von Crickenten, die ich gar nicht gesehen hatte, hochzuscheuchen. Plötzlich stürzt vor mir etwas mit flatternden Bewegungen aus dem Gebüsch. Es war noch ziemlich dunkel. Die sind ja wirklich groß, die Crickenten, dachte ich und lege an. Päng, da fällt die Ente um. Ich drehe mich nach hinten, will dem Bruno sagen: Ich hab´ eine getroffen. Aber der Bruno war gar nicht da. Wo der war, kannst du dir ja jetzt denken. Der lag da neben dem Gebüsch und war tot. Jagdunfall, so habe ich der Polizei das dann erklärt, und es ging für mich glimpflich ab. Aber nicht für den Bruno. Der ist jetzt in den ewigen Jagdgründen. Du siehst also, man sollte nicht flunkern. Es kann tödlich enden."


## Gigolo


Eine andere Geschichte, die mir zugetragen wurde, handelt auch von einem Irrtum. Der endete zwar nicht tödlich, aber immerhin mit einer Nacht in Polizeigewahrsam. Freitags saßen immer vier Frauen an einem Tisch, den sie vorher bestellt hatten. Eine lustige Mädelsrunde, die immer lustiger wurde, je fortgeschrittener Zeit und Getränke waren. Und es wurde auch immer lauter, so dass ich an einem der Nachbartische mitbekam, was gesprochen wurde.

"Nächsten Freitag", sagte die, die augenscheinlich die Jüngste und auch Frechste war und Heidi hieß, "treffen wir uns bei mir. Ich habe eine tolle Überraschung für euch."

"Welche denn?" wollten die anderen drei wissen.

"Verrate ich nicht, verrate ich nicht. Aber es wird richtig lustig."

Was an diesem Freitag geschehen war, machte danach rasch die Runde in der Weinstube. Heidi hatte zu einer späten Stunde einen Gigolo bestellt und zur Auflage gemacht, dass er zunächst streng tuend in einer Polizeiuniform erscheinen sollte. Und eine weitere Auflage, in einem feministischen Anflug, war, dass er sich einen Besen greifen und nackt kehren sollte. Nachdem die ersten Flaschen Wein und auch noch andere Getränke geleert waren, wurde die Musik immer lauter, das Gejohle frenetischer, die Reigentänze bacchantischer, bis sich die Frauen aller

Kleidung entledigt hatten. "Gleich kommt jemand und verwöhnt uns!" rief Heidi. Da klingelte es.

"Juchhuh, Mädels, er ist da", rief sie und öffnete, mit der Flasche in der Hand, die Tür. Zwei Polizisten, die ein verärgerter Nachbar gerufen hatte, standen da. Ehe die Beiden etwas sagen und sich vorstellen konnten, rief Heidi: "Kommt rein, Jungens und zieht euch aus. Ich hab´ zwar nur einen bestellt, aber wir sind zu Viert. Da habt ihr genug zum Naschen. Vorher aber wird der Besen genommen und die Bude gekehrt. Nackt, ihr Lieben, damit wir alles sehen können."

"Moment, werte Frau! Hier muss ein Irrtum vorliegen. Wir kommen wegen der Lärmbelästigung."

"Ja, ja, ich weiß. Aber jetzt ist es genug mit der Strenge. Kommt endlich rein und zieht euch aus!"

Kaum hatte sie das gesagt, griff sie auch schon einen der Polizisten am Kragen und wollte ihn in den Flur ziehen. Aber da hatte der andere sie blitzschnell auf den Boden geworfen. Es machte Klick. Heidi hatte Handschellen an.

"Die Alte ist ja total durchgeknallt", sagte der Polizist zu seinem Kollegen. "Die kommt erst einmal zur Ausnüchterung in die Zelle. Wer weiß, was die hier noch anstellen wird. Redet so einen Stuss und packt dich am Revers."

Drinnen im Wohnzimmer war es leiser geworden, und als die Polizisten dorthin kamen, sahen ihnen drei Frauen, die den Tumult im Flur mitbekommen hatten, entgeistert entgegen.

"Was geht denn hier ab?" fragte einer der beiden Polizisten mit einem raschen Blick auf die Batterie an Flaschen und die nackten Frauen. "Würden die Damen uns bitte aufklären! Wird hier eine Orgie gefeiert?"

"Nein, nein", sagte eine der Frauen. "Die Heidi hat nur von einer Überaschung gesprochen. Was sie damit gemeint hat, wissen wir nicht."

"Die Überraschung ist gelungen und wird teuer. Aufforderung zur Unzucht, Beamtenbeleidigung und Handgreiflichkeit. Ihre Kollegin nehmen wir erst einmal zur Ausnüchterung mit. Und ihr lasst die Musik bitte so leise wie sie jetzt ist. Und zieht euch lieber wieder an, bevor ihr euch erkältet. Wir möchten nicht noch einmal kommen."

Die Nacht hat die Heidi in der Ausnüchterungszelle verbracht. Ob es Anzeigen gab und sie eine Strafe zahlen musste, darüber hat sie geschwiegen. Der bestellte Gigolo wird zu später Stunde noch angerückt sein, aber vor verschlossener Tür gestanden haben, da die anderen drei Frauen wohl schleunigst nach Hause gegangen sind.

## Mann ohne Knast

Eine der urigsten Figuren, die mir in der Weinstube begegnet sind, war Matze Mühlenkamp. Er war Anfang sechzig und verzweifelt auf der Suche nach einer Frau. Aber selbst bei der engen Tanzgelegenheit, die ihm die Weinstube bot, gelang ihm das nicht. Matze kam regelmäßig. Donnerstags, freitags, samstags und sonntags. Und dann kam er auf einmal für ein ganzes Jahr nicht mehr. War er gestorben, umgezogen oder ausgewandert? Und dann plötzlich, an einem Donnerstag im Mai, tauchte er wieder auf. Sichtlich stolz an der Seite einer vollschlanken, recht hübschen Blondine.

"Was war los, Matze?" fragte ich ihn. "Jetzt auf einmal in sichtbar guten Händen."

"Ach", meinte er, "ich habe einen Supertip bekommen. Ein Nachbar von mir war für zwei Jahre im Gefängnis. Wegen Steuerhinterziehung. Er ist wie ich ebenfalls Junggeselle gewesen. Und stell dir vor, er kommt aus dem Gefängnis mit einem supernetten Weib an der Seite."

"Wie?" meinte ich. "War der im Frauengefängnis? Geht doch gar nicht."

"Nein, natürlich nicht. Das fing mit einer Brieffreundschaft an, dann Besuche und so weiter. Der Nachbar hat mir gesagt: `Ein Mann ohne Knast ist wie ein Schiff ohne Mast. Matze, du musst auch erst einmal ins Gefängnis. Dann regelt sich das mit den Frauen von alleine. Dann bist du superinteressant für die. Du kannst dir die Beste aussuchen.´ Ins Gefängnis? frage ich erstaunt. Wie stell ich das denn an? Soll ich eine Bank überfallen? `Ach Quatsch´, meinte er. `Dann sitzt du doch viel zu lange. Du bist Frührentner. Pfänden können sie dich nicht. Aber für ein halbes Jahr ins Gefängnis stecken, das geht. Zunächst bekommst du Bewährung. Gegen die Auflage verstößt du aber. Dann müssen sie dich reintun. Und dann gibst du im Knast eine Anzeige auf. Was glaubst du, wie viele Frauen sich melden und dir bei der Resozialisierung helfen wollen. Da könntest du sogar Todeskandidat sein.´ Hmm, meinte ich, was soll ich denn anstellen? Notorisch schwarzfahren? Da sitz ich ja ewig im Zug. `Nein, nein´, sagte er. `Mach es anders. Geh regelmäßig einkaufen, aber bezahle nicht. Steck Wodka, Wein, Whisky ein. Wenn sie dich nicht erwischen, hast du wenigstens was zum Trinken. Aber auf die Dauer werden sie dich erwischen und dann geht das Verfahren los, bis du schließlich hinter Gitter kommst. Aber da bist du eigentlich in netter, interessanter Gesellschaft. Das ist ganz anders als in diesem langweiligen Bad Breisig. Du kannst da mit den Jungs Fußball, Skat oder Schach spielen, darfst in der Küche helfen und kriegst vor allem eine Frau. Was meinst du, was die Jungs dort für Kaliber haben, wenn Besuchszeit ist. Die tollsten Weiber kommen. Tätowiert und geil und warten nur darauf, dass der Kerl aus dem Knast kommt.´ Ja, mein Lieber, so habe ich das dann gemacht. Zuerst beim Aldi, danach bei Edeka und schließlich, als ich dort Zutrittsverbot hatte, bin ich auf die Nachbarorte ausgewichen. Nach Sinzig, Andernach und Bad Neuenahr. Endlich war es soweit. Ich kam nach einem mürrischen Zögern des Richters in die Haftanstalt. `Herr Mühlenkamp´, hatte der Richter gesagt, `ich habe den Verdacht, Sie machen das extra.´ Nein, nein, habe ich geantwortet. Von meiner schmalen Rente kann ich mir eigentlich nur Haferflocken leisten. Aber ab und zu muss einfach ein Getränk dabei. Zwanzig Frauen haben mir geschrieben und Fotos geschickt. Gisela gefiel mir am besten. Sie hat auch was an den Füßen, bekommt neben der eigenen Rente noch die ihres verstorbenen Mannes. Das Einzige, was ich jetzt noch an der Backe habe, ist eine Therapie wegen Kleptomanie. Aber das stecke ich mit Links weg. Bin ja schon von weiblicher Hand geheilt. Jetzt bezahle ich alles. Das Einkaufen macht wieder Spaß und ist zu Zweit auch viel schöner."


## Eingemauert

Wer kennt das nicht? Man geht in die Küche, steht dann da, fragt sich: Was wollte ich eigentlich hier? Ich habe es vergessen. Es sind merkwürdige, aber harmlose Fehlleistungen des Computers im Kopf. Sie können in jedem Alter passieren und sind noch lange nicht warnende Vorläufer einer beginnenden Demenz. Der folgende Fall aber ist tragisch.

In der Bad Breisiger Brunnenstraße befindet sich ein hübsches Zweifamilienhaus mit einem Garten dahinter. In der einen Hälfte des Hauses wohnt Theo mit seiner Frau. Beide sind noch rüstig, aber auch schon in einem Alter, in dem man den Ruhestand genießt und Tütteligkeiten als naturgegeben in Kauf nimmt. Um den folgenden Vorgang zu verstehen, sei zunächst der Keller mit dem Zugang zum Garten beschrieben. Vom Hausflur aus führt eine Treppe hinunter zum Keller. Geradeaus geht es zur Tür, die in den Garten führt. Rechter Hand ist die Wand mit einer Verbindungstür, die zum Nachbarhaus geht. Links ist die Außenwand des Hauses. Irgendwann waren Einbrecher in den Garten gestiegen, hatten die Tür, die vom Garten in den Keller führt, aufgebrochen, waren über die Kellertreppe in die Wohnung gelangt und hatten sich an Schmuck und elektrischen Geräten bereichert. Was sie in Ruhe erledigen konnten, da sich die Eigentümer für eine Woche im Schwarzwald befanden.

Damit sich solch ein Ereignis nicht wiederholen konnte, sagte die Frau des Hauses eines Tages: "Theo, wir brauchen den Keller eigentlich nicht. Da befindet sich ja nur Gerümpel drin, das auf den Sperrmüll kann. Ich fahre mit einer Freundin zu einer dreitägigen Wellness-Kur nach Monschau und du mauerst in dieser Zeit bitte alles zu. Den Zugang zum Garten, zur Verbindungstür unseres Nachbarn und damit auch niemand mehr nach oben in die Wohnung kann, auch die Treppe. Hast du verstanden, wie ich das meine?"

"Na, klar. Ich bin doch nicht dumm."

Theo beschafft sich schnellbindenden Mörtel, die notwendigen Steine, eine Maurerkelle, einen Plastiktrog, um den Mörtel anzusetzen. Als ehemaliger Finanzbeamter hatte er den Raum ausgemessen und die Anzahl der benötigten Steine berechnet. Er stellt einen Stuhl in den Raum zwischen Treppe und Gartentür, um sich ab und zu altersgemäß auszuruhen. Auch eine Leiter ist dabei, um das Mauerwerk bis zur Decke hochziehen zu können. Als Elsa, seine Frau, endlich weg ist, kommt auch ein Kasten Bitburger dazu. Er trinkt dieses Bier wegen seines empfindlichen Magens ungekühlt.

Zuerst mauert er die Treppe zu. Dann folgt die Wand mit der Verbindungstür zum Nachbarhaus. Jetzt ist nur noch der Zugang zum Garten zu erledigen. Mit seiner maßgerechten Arbeit ist er zufrieden. Die Steine schließen zentimetergenau mit der Decke ab. Theo ruht sich aus auf dem Stuhl. Der halbe Kasten Bitburger ist bereits geleert. Elsa, wenn sie zurückkommt, wird begeistert sein. Nun beginnt er, den Zugang zum Garten zu verschließen. Auch hier gelingt es, die Steine bis zur Decke hochzuführen. Alles ist erledigt. Theo begibt sich wieder auf seinen Stuhl, öffnet die nächste Flasche Bitburger, schläft ein. Als er wach wird, muss er bemerkt haben, dass er sich selbst eingemauert hat. Der Mörtel war gut. Die Steine sitzen fest. Einen Hammer, um das Mauerwerk zu durchbrechen, hat er nicht dabei. Mit den bloßen Händen schafft er das nicht. Hilferufe sind nutzlos. Die Nachbarn befinden sich auf Mallorca.

Als Elsa nach drei Tagen zurückkommt, sucht sie ihren Theo, findet ihn aber nicht. Anrufe sind nutzlos, da sein Smartphone im Wohnzimmer liegt. Ist er etwa einfach abgehauen, vielleicht den Nachbarn nach Mallorca gefolgt? Sie ruft die Nachbarn an. "Nein", sagen die, "den Theo haben wir nicht gesehen. Der ist nicht hier."

Ist er etwa mit einer anderen Frau durchgebrannt, hat seinem Johannistrieb nachgegeben, also jenem letzten Aufflammen sexueller Begehrlichkeiten? Nichts deutet darauf hin. Alle Kreditkarten sind noch an Ort und Stelle. Ebenso der Reisepass. Auch seine Jacken und Hosen hängen alle noch im Schrank. Kein Koffer fehlt. Ist er vielleicht im Wald spazieren gegangen, hat sich verlaufen?

Sie gibt eine Vermisstenanzeige auf. "Kennen wir", sagt der Beamte. "Der ist Zigaretten kaufen und kommt bald zurück."

"Theo raucht nicht", antwortet Elsa. "Und alle seine Sachen sind noch da."

"Hmm", meint der Beamte. "Hat nichts zu sagen. Manchmal verschaffen sich Männer eine zweite Existenz, haben alles doppelt. Kleidung, Handy, Appartement und so weiter. Auch die Frau."

"Mein Theo ist aber nicht so", entgegnet Elsa empört.

"Wir müssen warten", beschließt der Beamte die Aufnahme des Protokolls. "Aber sie dürfem uns noch ein Foto bringen."

Es hat sage und schreibe sechs Wochen gedauert, bis jemand auf die Idee kam, den Theo hinter dem Mauerwerk zu vermuten. In einer letzten Hoffnung das Rätsel des Verschwindens zu lösen, ließ Elsa den Treppenzugang aufbrechen. Man fand Theo zusammengesunken und mit den ersten Anzeichen einer Mumifizierung auf dem Stuhl sitzend. Der Kasten Bitburger war leer. In der Pathologie fand man heraus, dass Theo erstickt war. Er hatte so perfekt gemauert, dass keine frische Luft mehr in den Raum kam.

Bei der Bestattung der Urne im Breisiger Ruhewäldchen war ich dabei, drückte der Witwe zu einem herzlichen Beileid die Hand.

"Ach, hätte ich meinen Theo doch bloß mitgenommen", seufzte sie.

Ich aber dachte nur: Blödsinnige Ideen einer Frau sollte kein Mann befolgen. Das endet selten gut.

# Der Zauberer

Die folgende Geschichte erzählte mir eines Abends ein Mann, der den Verlust seiner Frau noch nicht ganz verwunden hatte.

"Wissen Sie", sagte er, "meine Frau liebte Konzerte, die Oper, das Theater und ganz besonders den Zirkus. Einmal war einer in der Bonner Rheinaue. Sie geht in die Nachmittagsvorstellung, kommt zurück und sagt: `Herbert, da müssen wir am Abend unbedingt noch einmal hin. Ich spendiere uns Logenplätze ganz vorne. Bei dem Clown lachst du dich tot, und der Zauberer ist einfach super. Du wirst kaum glauben, was der alles macht.´

Nun gut, dachte ich, Zirkus hast du eigentlich beruflich genug, ich bin Lehrer, aber wenn deine Frau das unbedingt will, dann folge ihrem Wunsch. Also sind wir ab in die Abendvorstellung, sitzen in der ersten Reihe in der Loge. Über den Clown mit seiner blöden Hampelei konnte ich nur mäßig lachen. Da fand ich früher Dick und Doof lustiger. Aber der Zauberer, ein schnauzbärtiger Italiener mittleren Alters war wirklich gut. Der hielt ein Kaninchen an den Ohren, steckte es in einen Zylinder, und das Tier war weg. Daraufhin verbeugt sich der Kerl, wendet sich an das Publikum und sagt: `Was ich mit dem Kaninchen kann, kann ich auch mit Frauen. Ist einer der Herren unzufrieden mit seinem Weib?´

Niemand meldet sich. Obwohl mancher gedacht haben wird: Ja, bitte helfen Sie mir! Da wendet sich dieser hinterlistige Italiener direkt an mich, fragt: `Und Sie, mein Herr? Ihre Frau ist zwar recht hübsch, aber irgendwelche Mängel haben sie doch alle.´

Ich lache etwas verlegen, antworte: Na ja, so ein bisschen, so ein paar Mängel mag sie haben wie wir alle. Aber insgesamt bin ich recht zufrieden mit ihr.

`Aber gestatten Sie mir bitte trotzdem das Experiment´, sagt er und wendet sich an meine Frau. `Signora, wären Sie einverstanden mit einer kleinen Demonstration?´

Meine Frau, dieses durchtriebene Luder, nickt, steht auf, geht zu ihm in die Arena.

`Natürlich nehme ich jetzt nicht den Zylinder´, sagt der Zauberer. `Der ist zu klein. Eine Frau ist kein Kaninchen. Ich nehme jetzt einen Vorhang. Den spann ich zwischen diesen beiden Pfeilern, die Sie hier sehen. Kommen Sie, Signora!´

Meine Frau verschwindet mit ihm hinter dem Vorhang. Wir alle warten darauf, dass der Vorhang sich hebt. Aber nichts passiert. Da verliere ich die Geduld, gehe in die Arena, gucke hinter den Vorhang. Da ist niemand. Weder meine Frau noch der Zauberer. Beide sind weg. Und sie bleiben weg. Das war jetzt vor zwei Jahren. Am nächsten Tag war ich noch einmal in dem Zirkus, habe mit dem Direktor gesprochen. Der hat nur mit den Schultern gezuckt, gesagt: `Tut mir leid, mein Herr. Mein Zauberer ist auch weg.´

"Ja", sagte ich, "verstehe einer die Frauen! Ich will nicht sagen, sie sind wie die Katzen, man weiß nie, was sie vorhaben. Aber mysteriös sind sie schon."


## Immer donnerstags

Natürlich bin ich selbst auch kein Waisenknabe, finde Frauen einfach faszinierend. Wo sonst in der Welt hat man noch so schöne Rätsel!? Vor zwanzig Jahren frisch zugezogen nach Bad Breisig, riet mir mein Freund Walter: "Geh mal in die Weinstube! Wer da keine Frau findet, dem ist nicht mehr zu helfen."

Ein Donnerstag war meine Premiere. Irgendwann am Abend, als ich am Rauchertischchen stand, gesellte sich Magdalena zu mir. Ich wähle diesen Namen, weil er einen Hauch biblischer Anmut hat. Wir rauchten, hatten zunächst einen unbedeutenden Smalltalk, bis sie auf einmal seufzte, die Kippe ausdrückte und sagte: "Ihr Männer seid alle langweilig. Meiner will immer donnerstags. Ich komme von der Weinstube nach Hause. Er liegt auf dem Sofa, wartet. Es ist eine elende Routine geworden. Was kann ich da nur machen? Den Tag wechseln hilft ja auch nicht unbedingt."

"Ach, meinte ich, "Sie sind doch eine recht attraktive Blondine. Wechseln Sie nicht den Tag, sondern den Mann."

## Casa Mamma

Ab und zu verirrt sich auch ein Globetrotter in die Weinstube. Solch einer war der Fritz. Mit einer bescheidenen, aber hinreichenden Rente ausgestattet gondelte er durch die Welt, wusste auch was zu erzählen. Für Zwischenaufenthalte in Deutschland hielt er sich in Bad Breisig ein kleines, bescheidenes Zimmer, das sein Budget nicht allzusehr belastete. Sein Motto war: "Ich brauche nur einen Rucksack und eine Frau, die ich liebe."

"Aber weißt du", sagte er zu mir, "das ist gar nicht so einfach. Ich verliebe mich zwar leicht, aber es sollte doch auch umgekehrt sein, dass die Frau einen auch liebt. Sonst wird es sehr anstrengend oder führt auch in den finanziellen Ruin."

"Du hast diese Erfahrung gemacht?" fragte ich.

"Ja, gerade auf meiner letzten Tour. Der finanzielle Ruin war es zwar nicht, aber es war teuer. Und trotzdem: Meine Begegnung mit einer unvergesslichen Schönheit. Das ist doch auch etwas wert."

"Sicher!" bestätigte ich. "Aber erzähl mal! Was war los?"

"Also, nach einem langen Aufenthalt am Amazonas war ich eine Woche in Rio, Rio de Janeiro. An der Copacabana gehen dir die Augen über. Den Tanga der Frauen siehst du kaum. Und das sind lauter temperamentvolle Schönheiten, egal ob dick oder schlank. Rio ist überhaupt eine lebendige, bunte, quirlige Stadt. Dagegen

42

ist dieses Breisig hier ein Friedhof. Nun, nach einer Woche wollte ich runter in den Süden Richtung Uruguay und Argentinien, nehme in Rio den Bus und nehme die Strapazen einer mehr als dreißigstündigen Busreise auf mich. Ich hatte mich für einen Bus `Semi-Leito´ entschieden, also einen halbluxuriösen mit Liegesitzen im unteren Deck. Alle fünf Stunden hält der an einer Raststätte. Da kann man eine halbe Stunde Pause machen, draußen rauchen, etwas essen, sich mit Getränken versorgen. Das Schicksal ereilte mich in Curitiba. Das ist eine mittelgroße Stadt zwischen São Paulo und Florianopolis. Ein paar Minuten bevor der Bus wieder abfährt, will ich noch schnell auf den Topf. Die Tür der Toilette lässt sich nur schwer schließen. Mit der Faust hämmer ich den Riegel rein. Als ich dann zurück zum Bus will, lässt sich der Riegel nicht öffnen, klemmt total. Ich komm nicht raus. Ich rufe, klopfe, poche gegen die Tür. Endlich nach einer Viertelstunde werde ich befreit. Aber der Bus ist weg, mein Rucksack mit ihm. Gott sei Dank habe ich alle wichtigen Papiere in meiner Jackentasche. Also Reisepass und Kreditkarte. Das Smartphone samt

Ladekabel ist ebenfalls in der Jacke. Was im Rucksack ist, lässt sich leicht ersetzen. Ein paar Kleidungsstücke, Flip-Flops, Rasierapparat, Zahnbürste. Jetzt erst einmal gemütlich essen und Wein trinken. Aber nicht in dem großen, quirligen Restaurant der Raststätte. Da fällt mein Blick nach gegenüber auf ein flaches, quadratisches Gebäude mit der roten, neonbeleuchteten Schrift `Casa Mamma´. Da sitzt man ruhiger und Mammi kocht selbst, denke ich. Ich gehe die hundert Meter hin, drücke die Eingangstür auf, sehe mich einer fetten, aber freundlichen Schwarzen gegenüber, die an einer Rezeption sitzt. Sie lächelt mich an. Ich krame mein bestes Portugiesisch heraus und frage, ob ich hier etwas zu essen und zu trinken bekommen kann. Sie schüttelt den Kopf, sagt: ` Mas há garotas muito fofas aqui.´ Aber es gibt hier sehr süße Mädchen. Sie ist also die Cafetona, die Puffmutter. Ich überlege. Angucken kann ich sie mir ja mal. Ich nicke. Ja, will ich gerne sehen. Sie bringt mich in ein Zimmer unten im Parterre. Und dann kommt kurz darauf eine ganze Schar sehr schöner, junger Frauen herein, alle schätzungsweise zwischen 20 und 30 und mit Hautfarben zwischen hell und kaffeebraun. Ich frage, was das Vergnügen kostet. Eine Stunde 200 Reais. Das sind etwa 40 Euro. Die ganze Nacht 800 Reais. Ein Hotel müsste ich sowieso bezahlen. Da kann ich auch gleich hierbleiben. Eine der Frauen gefällt mir besonders. Sie ist groß, schlank, hat bunte Tattoos an den Waden und Oberarmen, schulterlanges, schwarzes Haar und ein edles, indianisches Gesicht. Die Puffmutter bemerkt mein Interesse, sagt: `Das ist Miriam aus Venezuela. Sie ist neu hier. Ich nicke, sage, ja, ich möchte sie gerne kennenlernen. Ich habe `kennen- lernen´ gesagt, eu quero conhecê-la. Ich habe nicht gesagt, ich will sie haben oder ich nehme sie. Die anderen neun Mädchen verlassen den Raum. Miriam bleibt. Mit der Puffmutter gehe ich zur Rezeption, bezahle, kaufe auch noch eine Flasche Sekt, um mit Miriam erst einmal ein Glas zu trinken, gehe mit der Flasche und zwei Gläsern zurück in den Raum. Sie sitzt auf der Bettkante, sieht mir erwartungsvoll entgegen. Wir verständigen uns mit einem Kauderwelsch aus Portugiesisch, Spanisch und Englisch. In dem Raum ist auch ein Tisch mit zwei Stühlen. Wir setzen uns. Ich lass den Korken an die Decke knallen, gieße ein. Miriam entspricht meiner Traumfrau. Ich frage, wo genau sie herkommt. Aus Puerto la Cruz. Das ist östlich von Caracas. Sie erzählt von Venezuela, ein offensichtlich armes Land, in dem die Reichen mit amerikanischen Dollars bezahlen. Man hat ihr in Curitiba eine Stelle als Kellnerin versprochen. Aber dann ist es anders gekommen. Den Pass haben sie ihr abgenommen, den verwahrt die Puffmutter. Aber Gott sei Dank hat sie noch einen Personalausweis, die so-genannte `Cedula De Identidad´ der Republica Bolivariana de Venezuela. Die hat sie behalten und nicht abgegeben. Damit kann sie auch in Brasilien reisen. Zumindest mit dem Bus. Ich mag Miriam. Nicht nur ihre Schönheit, sondern auch die sanfte, freundliche Art. Ich bin nicht in der Stimmung, mich mit ihr auf das Bett zu legen und einzufordern, wofür ich bezahlt habe. Ich will mehr, schlage ihr vor, mit mir zusammen abzuhauen. Das mit dem Pass sei kein Problem. Bei der Botschaft Venezuelas in Brasilia besorge ich ihr einen neuen. Aber wie kommen wir an der Puffmutter vorbei? Miriam ist mit meinem Plan einverstanden und sagt, dass die fette Alte immer gegen zwei Uhr einschläft.

46

Aber sicherer sei es, aus dem Fenster zu klettern, dann ab in ein Taxi und zum Busbahnhof in Curitiba. Irgendeinen der nächsten Busse nehmen in einen anderen Ort und von da aus die Reise nach Brasilia organisieren. So haben wir das auch gemacht, haben gegen Zwei gar nicht erst nach der Alten geguckt, sind aus dem Fenster geklettert, zur Raststätte gegangen, wo immer ein paar Taxen standen und sind nach Curitiba zum Busbahnhof. Die Puffmutter würde erst am Morgen bemerken, dass Miriam nicht mehr da war. Gott sei Dank war die Venezolanerin normal gekleidet, also nicht auffallend puffmäßig. Sie trug ein langes, blaues Kleid. Ob mit was darunter, wusste ich nicht. An den Füßen hatte sie rote Havaianas. Alles was sie brauchte, würde ich kaufen, wenn wir von Curitiba weg waren. Und das geschah recht schnell. Am Busbahnhof kaufte ich zwei Tickets nach Florianopolis. Wir mussten nur eine halbe Stunde auf den Bus warten. Der Busverkehr in Brasilien ist einfach super. Züge haben sie kaum. Die Distanzen des Landes, das fast so groß ist wie Europa, werden im Flieger oder im Bus zurückgelegt. Dass es so einfach war, mit einem Mädchen abzuhauen, hätte ich nicht gedacht. Und die blöde Alte an der Rezeption war offensichtlich im Glauben, dass keins ihrer Girls ohne Geld und Pass verschwindet. Das Fenster im Parterre war noch nicht einmal vergittert. Über den Altersunterschied soll ich mir keine Sorgen machen, sagt Miriam. Sie ist 28. Ich bin vierzig Jahre älter.

Am frühen Morgen kommen wir in Florianopolis an. Vom Busbahnhof wieder rein ins Taxi, einkaufen fahren. Ich bin jetzt der Sugardaddy, der sich eine junge Geliebte hält und der hofft, dass sie ihn nicht nur wegen des Geldes mag. Ich schlage Miriam vor, erst einmal eine Woche Strandurlaub in Florianopolis zu machen. Flitterwochen sozusagen. Sie ist einverstanden, freut sich darauf. Im `Varadero Palace´, in Strandnähe, finden wir ein halbwegs preiswertes Zimmer. Sechs Nächte für 500 Euro.”

Er machte nun eine Pause, zündete sich eine neue Zigarette an, inhalierte den Rauch, strich sich mit der Hand über den Kopf und sagte dann: “Na ja, du kannst dir sicher vorstellen, dass das alles schon vom ersten Tag an recht teuer war. Aber an den Tagen mit ihr war ich wie im Rausch, hatte mich heftig verliebt, war stolz, eine solche Schönheit an der Seite zu haben. Wie oft, wenn ich nachts wach wurde, habe ich sie im Dämmerlicht einer ins Zimmer scheinenden Laterne betrachtet und Gott gedankt, dass er so etwas Schönes geschaffen hat. Es war eine himmlische Flitterwoche. Aber mit einem gewissen Bewusstsein für die Realität sah ich, dass ich das alles mit meiner bescheidenen Rente nicht stemmen konnte. Ich hatte mich mit meinen Plänen übernommen."

"Und dann war diese ergreifende Liebesgeschichte zu Ende?" bemerkte ich mit einem ironischen Unterton.

"Nein. Ich beschloss, ihr reinen Wein einzuschenken und war überrascht, wie gleichmütig sie das hinnahm. `Ich suche mir hier Arbeit´, sagte sie. `Hier ist es besser als in Curitiba. Viele Hotels, viele Restaurants. Als Venezolanerin darf ich in Brasilien arbeiten.´ Und so ist es dann auch nur einen Tag später gekommen. Sie fand einen Job als Kellnerin in einer gut gehenden Churrasceria. Ich aber musste nach Hause, da meine Zeit rum war. Ich durfte nämlich nur drei Monate in Brasilien bleiben. Ich habe ihr aber noch ein Smartphone gekauft, damit wir in

Kontakt bleiben können. Ich muss jetzt drei Monate in Deutschland warten, bis ich wieder rüber kann. Blöde Bestimmung, nicht wahr! Aber die Europäer, die Schengen-Staaten, haben damit angefangen und die Brasilianer haben es nachgemacht. Miriam und ich schreiben uns über WhatsApp täglich. Aber ob das gut geht, weiß ich nicht. Sie ist ja verdammt attraktiv. Und dann der Altersunterschied!"

Träum weiter, dachte ich. Oder werde Millionär. Eine so hübsche Venezolanerin, wie du sie beschrieben hast, läuft nicht lange frei herum. Aber immerhin: Du hast ein schönes Erlebnis gehabt.

## Schneewittchen

Small-Talk mag ja ganz nett sein, aber nach einiger Zeit geht er mir auf den Geist, und so freue ich mich immer, wenn jemand mit einem Spezialthema an mein Tischchen kommt. So wie der Hubert, der sich selbst zum Märchenforscher ernannt hat und tatsächlich einiges weiß. Darunter auch Pikantes. Mehrmals im Jahr besucht er den Breisiger Märchenwald, der oberhalb von Aldi und Lidl auf einem Hügel liegt. Die bekanntesten Märchen sind dort figürlich nachgestellt.

"Weißt du eigentlich", sagte er eines Abends zu mir, "dass es bei der ersten Fassung des `Schneewittchens´ Proteste empörter Eltern gab?"

Ich schüttelte den Kopf. "Nein, ist mir nicht bekannt. Ich lese ja auch keine Märchen. Was hat die Eltern denn empört?"

"Nun, in der Urfassung stand: `Schneewittchen schlief bei jedem Zwerg ein Stündchen, bis die Nacht herum war.´ Da haben die Eltern wohl Angst gehabt, dass die Kinder Schneewittchen für eine Nutte halten könnten. Auf jeden Fall haben sie es als unmoralisch empfunden. Der Wilhelm, der Wilhelm Grimm, hat es dann umgeändert und geschrieben: `Jeder Zwerg  schlief bei seinem Gesellen ein Stündchen, bis die Nacht herum war.´ Ob das besser ist? Weiß ich nicht. Jedenfalls hat da der Jakob, der andere Bruder, nicht mehr bei dem Märchensammeln mitgemacht und alles Weitere dem Wilhelm überlassen. Es ist also Quatsch, bei den Märchen von den Gebrüdern Grimm zu sprechen. Und ob beim

Rotkäppchen der böse Wolf nicht ursprünglich ein lüsterner Mann war, der zuerst die Großmutter vernascht und dann das junge, hübsche Ding, weiß ich nicht. Auch bei Rapunzel habe ich so meine Zweifel. Da klettert der junge Mann an ihren Haaren mühsam den Turm hoch und dann soll er sich, endlich angekommen, zurückhalten? Nee, mein Lieber, so war das bestimmt nicht."

"Es sind doch Märchen für Kinder", wandte ich ein. "Wenn die groß sind suchen die Jungen sich ein richtiges Schneewittchen und die Mädchen sich einen Mann und keinen Zwerg. Mich wundert, dass du dich in deinem Alter, immerhin bist du über sechzig, mit sowas beschäftigst. Lies lieber von Kinski `Ich bin so wild nach deinem Erdbeermund´ oder von Henry Miller `Stille Tage in Clichy´. Da geht es so zu wie hier in der Weinstube."


## Eingeklemmt


Was tun, wenn nach zwanzigjähriger Ehe der Gutenachtkuss zur Routine wird? Franz Josef wusste es. Abwechslung hilft.

Dass dabei aber das Schicksal einem einen Streich spielen kann, wusste er nicht.

Nach hartem Ringen hatte der siebzigjährige FJ, wie er genannt wurde, durchgesetzt, freitags alleine in die Weinstube gehen zu dürfen. Für den Weg dorthin nahm er jedes Mal die Ermahnung mit: "Nur trinken, Franz-Josef! Gegessen wird zu Hause."

"Ja, ja", antwortete er und verabschiedete sich mit einem flüchtigen Kuss. An einem der Abende vertraute er mir an: "Du, ich hab´da was ausgegraben in Andernach. Monika, Frührentnerin, nicht besonders hübsch, aber geil wie ne Nonne auf Entzug. Wir treffen uns freitags immer hier gegenüber im `Rheinischen Hof´. Sie mietet dort ein Zimmer und ich komme für ein Stündchen. Leider aber ist sie etwas ängstlich. Pilze, Viren, Bazillen. Geht alles nur mit Kondom. Na gut, besser als nichts. Wer Hunger auf Süßes hat, schluckt auch das Papier mit."

Dann kam der Freitag der Katastrophe. Ich stand gerade draußen an meinem Tischchen, da rückte die Feuerwehr an und der Notarzt. Sie hielten in der Biergasse genau vor dem `Rheinischen Hof´. Die Männer stürmten hinein. Der

Arzt mit seinem Köfferchen. Draußen versammelten sich die ersten Schaulustigen. Und zu allem Unglück war darunter auch Franz Josefs Frau, die endlich einmal gucken wollte, wie es ihrem Mann in der Weinstube erging. Zehn Minuten, nachdem die Männer in das Hotel gestürmt waren, kamen sie auch wieder heraus mit dem Franz Josef auf einer Trage. Ich sah, wie seine Frau hinzueilte, sich über ihn beugte, er aber mit dickem, weißen Handverband abwinkte und augenscheinlich nichts sagen wollte. Sie versuchte mit in den Rettungswagen einzusteigen, wurde aber vom Arzt und den begleitenden Sanitätern abgedrängt. Ich vermutete, dass FJ in seiner misslichen Lage seine Frau verleugnet und gesagt hatte: "Was will die hier? Ich kenne sie nicht."

Wir waren natürlich alle neugierig. Was war passiert? Das erfuhr ich erst eine Woche später, als Franz Josef in Begleitung seiner Frau in die Weinstube kam. Den dicken Verband um die Hand trug er nicht mehr. Dafür waren jetzt zwei Finger mit Pflaster umwickelt. Irgendwann am Abend stand er alleine neben mir, seine

Frau rauchte nicht und war drinnen geblieben.

"Los, erzähl Junge", sagte ich. "Was war da los?"

"Ach, die Monika hat mich vor unserem Treffen angerufen und gesagt:, `Beeil dich heute. Ich habe nur ein Viertelstündchen Zeit. Mach flott!´ Das hat mich irgendwie nervös gemacht. Zur Eile bin ich in meinem Alter nicht mehr geschaffen. Ich also rüber in den `Rheinischen Hof´, runter auf die Toilette, wo der Kondomautomat hängt. Ich werf die Münzen ein, zieh die Scheißdinger raus, drück das Fach wieder zu und vergess, dass ich noch zwei Finger drinhab. Ich steckte fest."

Er hob seine rechte Hand, zeigte mir die umpflasterten Finger. Den Ringfinger und den Mittelfinger.

"Und du kamst da nicht mehr raus?" fragte ich.

"Nein, zum Verrecken nicht. Ich steckte fest wie in einem Schraubstock. Dieses Fach für die Kondome, diese elende, kleine Schublade bewegte sich keinen Millimeter. Was sollte ich tun? Ich konnte mir ja schlecht die Finger abhacken. Womit überhaupt? Als mir meine missliche Lage bewusst wurde, geriet ich in einen

Schockzustand, konnte mich kaum auf den Beinen halten, hing da an dem Automaten wie ein Gehängter am Galgen. Irgendwann kam die Monika runter, um nach mir zu sehen. Die hat dann die Feuerwehr und den Notarzt angerufen. Bis die kamen, ist sie bei mir geblieben, dann aber abgehauen."

"Und deine Frau? Ich habe gesehen, dass sie mitkommen wollte."

"Ja. Aber ich habe dem Arzt gesagt, dass ich meine Ruhe haben wollte. Ich konnte ja gar nicht mehr auf meinen eigenen Beinen stehen in dem Schockzustand."

"Und jetzt? Ihr vertragt euch wieder?"

"Na ja, es geht so. Die ersten Tage war natürlich viel Theater. Rausreden konnte ich mich nicht. Was hätte ich sagen sollen? Ach Schatz, ich hab´ Kondome gezogen. Wir machen das jetzt lieber so. Die hätte mir den Vogel gezeigt. Also blieb mir nur das Geständnis. Die Else ist ja nicht doof."

"Und die Monika?"

"Aus. Feierabend. Geht nicht mehr. Ich werde jetzt überwacht und meine Freiheit ist zum Teufel."

# Pastorales Gespräch

An ein Gespräch erinnere ich mich besonders. Auch an das Datum. Es war der 31. Oktober 2018, ein Mittwoch. Da gesellte sich ein fein angezogener Herr an meinen Tisch da draußen, rauchte aber nicht. Zuvor hatte ich ihn an der Seite einer Frau die Weinstube betreten sehen.

"Ja, ja", begann er das Gespräch. "Dem Volk einmal aufs Maul schauen. Und das ausgerechnet heute."

"Warum ausgerechnet heute?" fragte ich.

"Heute ist Reformationstag, der 31. Oktober."

Ich muss etwas ratlos ausgesehen haben. Er bemerkte das, lächelte und sagte: "Ich bin evangelischer Pastor. Meine Frau hatte vom singenden Wirt gehört, wollte ihn kennenlernen. Und ich habe mir gedacht, dann hörst du dich einmal um, wie es den Leuten so geht. Wenn man immer nur mit Gemeindemitgliedern spricht, erfährt man ja nur einen Ausschnitt von der Welt."

"Alle Achtung", bemerkte ich. "Mutig. Ein Pastor in der Weinstube."

"Ach was! Da ist nichts mutig dran. Ich wollte nur einmal diesen inneren Zirkel der Gemeinde verlassen, mich umhören, etwas anderes erfahren. Eben dem Volk aufs Maul schauen, wie Martin Luther das formuliert hat. Sie sind evangelisch?"

"Nein, katholisch. Aber ich könnte genauso gut evangelisch sein. Ich bin zufällig in die katholische Welt hineingeboren worden, kann nichts dafür."

"Sie besuchen regelmäßig die Messe?"

"Nein, unregelmäßig. Kirchenbesuch nur, wenn sie leer ist. Dann sind es besonders die alten romanischen. Da fühle ich mich heimelig. Eure evangelischen Kirchen sind mir zu schmucklos und nüchtern."

"Ach ja? Interessant. Und wie empfinden Sie hier draußen die Welt?"

Santa Olalalla, dachte ich. Was stellt der für Fragen!? Aber bitte, eine ehrliche Antwort kann er haben. "Die Welt? Ein bisschen sinnentleert. Wir leben in einer durch und durch säkularisierten Zeit. Profitorientiert, materialistisch, rational. Und dann diese blöde Digitalisierung. Hat sie den Menschen glücklicher gemacht, zufriedener? Nein, eher nervöser, gelenkter, manipulierter. Halten Sie mich ruhig für nostalgisch. Das Analoge war gemütlicher, persönlicher. Was soll ich von der Welt halten? Werden wir nicht von Krise zu Krise gejagt? Ich bin froh, dass es diese Weinstube hier gibt. Da kann man von diesem ganzen Mist abschalten."

Er hatte aufmerksam zugehört, nickte und sagte wieder: "Interessant!" Dann schloss er die Frage an: "Sie sind ein gläubiger Mensch?"

"Weiß ich nicht", antwortete ich. "Ich kann nur mit dem alten Sokrates sagen: Ich weiß, dass ich nichts weiß. Wie soll ich das auch beantworten können, diese eschatologischen Fragen? Woher kommt der Mensch, wohin geht er nach dem Tod? Weiß das überhaupt jemand? Nein, eher nicht. Gibt es Gott, gibt es ihn nicht? Ich kenne keinen Gottesbeweis, der wirklich funktioniert. Da bleiben zu viele Fragen offen."

"Sie gehören also eher zur Gruppe der Zweifler", meinte er.

"Ja, sicher, wenn Sie so wollen. Ich weiß nicht, was stimmt. Ist es etwa, was Max Frisch im `Homo Faber´ sagt: `Sein, gewesen sein.´ Oder geht das nach dem Tod irgendwie weiter. Keine Ahnung."

"Hmmm. Da rauchen Sie sich lieber Löcher in die Lunge."

"Nicht nur. Ich vögel gerne, saufe, rauche wie ein Schlot und liebe das Spielen. Skat, Poker, Rommé, Schach."

"Sie betäuben sich, um der Sinnlosigkeit zu entkommen?"

"Möglich. Es macht aber Spaß. Frauen sind süß, der Wein lecker, das Rauchen meditativ und beim Spielen vergesse ich die Zeit. Ob dem lieben Gott das so gefällt, weiß ich nicht."

"Hmmm, interessant. Darf ich fragen, was Sie früher beruflich gemacht haben? Sie sind doch jetzt sicher im Rentenalter."

"Ich war Standesbeamter, danach freiberuflicher Nachtwächter, habe die Touristen hier durch die Gassen geführt und ihnen die Sehenswürdigkeiten erklärt. Die Tour ging abends los. Ich war nach alter Nachtwächtersitte verkleidet. Das Kostüm habe ich noch."

"Hmmm, interessant. Standesbeamter. Selbst einmal verheiratet?"

„Nein. Ich habe nur Ehen gestiftet."

„Nun ja, da Sie, wie Sie sagen, das Spielen lieben, würde ich Sie gerne zu mir einladen. Wir haben jeden Freitag eine Skatrunde im Pfarrhaus. Manchmal fällt jemand aus. Wir können aber auch immer zu Viert spielen. Rauchen dürfen Sie in meinem Zimmer übrigens auch, und ich habe auch einen Weinkeller."

Er griff jetzt in seine Jackentasche, kam mit einer Visitenkarte hervor, gab sie mir. "Melden Sie sich bitte! Würde mich freuen."

Dann verschwand er wieder in der Weinstube, wo seine Frau auf ihn wartete.


## Ein geschlagener Mann

Ich erinnere mich nicht mehr genau, wie lange das her ist. Fünf Jahre, sechs oder sieben? Da kam ein Mann langsam vom Rhein her die Biergasse hoch, blieb vor der Weinstube stehen, blickte sich ängstlich um.

"Hereinspaziert!" munterte ich ihn auf. "Hier gibt es schöne Frauen, Musik und leckeren Wein."

Er schüttelte den Kopf. "Geht nicht. Ich muss in zehn Minuten zu Hause sein."

"Wie das denn?" fragte ich. "Wer sagt denn sowas?"

"Meine Frau. Ich bin heute Morgen schon verprügelt worden."

"Sie scherzen. So etwas habe ich noch nie gehört. Aber kommen Sie! Rauchen Sie wenigstens eine Zigarette mit mir. Sie machen mich neugierig."

"Geht nicht. Sie riecht das."

Er kam trotzdem, stellte sich zu mir an den Tisch.

"Ist das wirklich Ihr Ernst?" fragte ich. "Sie haben von Ihrer Frau Prügel bekommen?"

"Ja, wirklich. Sie ist klein, stämmig und hat kräftige Arme. Sie hat früher mit den Jungs Fußball gespielt und geboxt. Haben Sie noch nie davon gehört, dass Frauen Männer schlagen?"

"Nein, ist mir unbekannt. Ich habe nur vom Gegenteil gehört und den vielen Me-too-Verfahren. Was Sie da sagen, ist neu für mich."

"Doch, doch, das gibt es. Und ich habe leider so ein Exemplar erwischt."

"Und warum lassen Sie sich das gefallen? Verstehe ich nicht. Sie sind doch mindestens 1.80 groß und haben eine sportliche Figur."

"Das hilft nicht. Sie ist wie ein Wirbelwind und trommelt mit den Fäusten los."

Jetzt schüttelte ich den Kopf. "Ziehn Sie doch aus oder lassen Sie sich scheiden."

"Ausziehen? Wohin denn? Dafür habe ich kein Geld. Scheidung? Wo soll ich wohnen, während das Verfahren läuft?"

"Wie, Sie haben kein Geld? Sie arbeiten noch oder sind Rentner?"

"Bin gerade Rentner geworden. Aber wir haben ein gemeinsames Konto. Sie verwaltet das."

"Oh Gott! Welch ein Malheur! Eigenes Geld bedeutet Freiheit. Heben Sie das gemeinsame Konto schleunigst auf!"

"Wie denn? Ich brauche doch ihre Zustimmung dazu. Mit so einem Anliegen darf ich gar nicht kommen."

"Haben Sie Kinder, Freunde, Verwandte, wo Sie wohnen können?"

"Nein, Kinder haben wir nicht. Und die Freunde und Verwandten hat sie alle in die Flucht geschlagen. Da gibt es keinen Kontakt mehr."

"Da haben Sie ja wirklich ein besonderes Exemplar erwischt. Aber trotzdem, ich würde da stehenden Fußes abhauen. Gehen Sie Zigaretten ziehen und kommen Sie nie wieder."

"Ja, aber wohin denn? Es gibt nur Frauenhäuser, aber keine für Männer, die geschlagen werden."

Ich zuckte mit der Schulter. Dem Mann war nicht zu helfen. Erschießen Sie Ihre Alte und wandern Sie ins Gefängnis. Da geht es Ihnen besser. Aber diesen Rat konnte ich ihm natürlich nicht geben.

## Theresa

Sie war auf dem Kopf rot und innendrin grün. Das heißt, sie hatte rote Haare und eine grüne Ideologie. Theresa war Stadträtin, natürlich für die Grünen. Sie war Ende 50, groß, schlank, hatte eine passable Figur und bis auf einen zu spitzen Mund ein recht hübsches Gesicht.

Gott sei Dank rauchte sie. Und so gesellte sie sich eines Abends an meinen Tisch und führte sich mit einem Witz ein, den sie gar nicht für einen Witz hielt, sondern für die blanke Wahrheit. Und dieser Witz ging so:

Der liebe Gott ruft Adam zu sich und sagt: "Ich habe was ganz Besonderes und Schönes für dich. Du bekommst ein

Schwänzchen, mit dem du ficken und aufrecht pinkeln kannst. Freue dich!"

"Und ich?" fragt Eva. "Was bekomme ich?"

"Du bekommst auch etwas ganz Besonderes."

"Was denn?"

"Die Intelligenz."

Na ja, dachte ich, wenn eine Frau sich so einführt und solche Worte benutzt, hat sie es faustdick hinter den Ohren. Ich lachte verständnisvoll, sagte: "Sehr schön!"

Wir redeten auch über Politik, wobei ich kein Blatt vor den Mund nahm. Ich sagte: "Ihr Grünen habt doch einen Schuss. Klimaveränderungen hat es immer schon gegeben. Sonst würden hier noch Dinosaurier herumlaufen. Die sogenannte Klimaveränderung liegt daran, dass sich die Umlaufbahn der Erde um die Sonne etwas verändert hat. Warum kommt ihr nicht auf eine solche Idee?"

Sie sah mich entgeistert an, so als gehöre ich in die Psychiatrie. Ich ließ aber nicht locker und fuhr fort: "Euer blödes Kohlendioxid hat gar nicht den Effekt, den ihr ihm zuschreibt. 0,04 Prozent in der Luft! Als ob diese geringe Konzentration die Abstrahlung von Infrarot verhindern könnte!? So ein Schmarren! Stell dir einen Topf mit kochendem Wasser vor und setz einen Deckel drauf, der zu 99,6 Prozent aus einem Loch besteht. Was passiert? Nichts. Da wird kein Dampf zurückgehalten. Außerdem kann Kohlendioxid gar kein Treibhausgas sein, weil das Molekül nicht polar ist."

Sie hat mich nur verständnislos angeguckt. Da war mir klar, dass die Grünen keiner Logik und keinem wissenschaftlichen Argument zugänglich sind. Über Politik und insbesondere das Klima haben wir dann nicht mehr geredet. Einfach über andere, allgemein menschliche Dinge. Zum Glück vögelt Theresa gerne und stöhnt dabei artgerecht.

## Merkwürdiger Bestattungswunsch

Einer der öfter an meinem Tisch stand, war Otto Kirchkamp. Er war schon 84 und ein ausgesprochener Säufer, der schon beim Frühstück einen Wodka brauchte. Er konnte unheimlich viel vertragen, blieb dabei aber freundlich und konziliant. Nie wurde er aggresssiv. Nur ab einem gewissen Grad der Trunkenheit wurde die

Sprache etwas schleppender. Natürlich hatte der Alkoholkonsum schon Spuren hinterlassen. Otto litt am Korsakoff-Syndrom. Das Zittern seiner Hände legte sich erst nach dem fünften Glas Wein und sein Gang wurde auch erst dann gradliniger und ausgeglichener.

Eines Abends sagte Otto: "Du, da war eine tolle Reportage im Fernsehen. Über afrikanische Bestattungsriten. Da gibt es einen Stamm, die bestatten die Leute so, wie sie gelebt haben. Also ein Fischer bekommt zum Beispiel einen Sarg, der die Form eines Bootes hat, ein Schuster wird in einem schuhförmigen Sarg bestattet, ein Musiker in einem, der die Form einer Guitarre hat. So etwas möchte ich auch. Meine eigene Form."

"Und welche ist das?" fragte ich.

"Ich möchte senkrecht in einer Flasche begraben werden."

"Hmm", meinte ich. "Passt."

"Ja, ja, aber ist gar nicht so einfach. Ich habe schon einen Bestatter gefragt. Der sagte, das sei ungesetzlich. Ich könnte mir die Holzart aussuchen oder bei einer Urne die Verzierung. Für einen Flaschensarg müsste ich erst in Berlin einen Antrag stellen und der würde garantiert abgelehnt. Ich habe deshalb einen anderen Vorschlag, eine Bitte an dich. Ich lass mich verbrennen. Du bekommst vorher von mir eine Vollmacht, und dann füllst du die Asche von der Urne um in eine Flasche."

"Wie soll ich das denn machen?" wandte ich ein. "Zunächst wirst du doch in einer normalen Urne beigesetzt. Soll ich die etwa ausbuddeln und dich umfüllen?"

"Nein, du nimmst die Urne mit zu dir nach Hause."

"Geht nicht. Der Bestatter rückt sie nicht raus. Wir haben in Deutschland die Friedhofspflicht."

"Geht doch. Ich ziehe nämlich nach Bremen. Die haben das Gesetz geändert. Du nimmst die Urne in Empfang und füllst mich um in eine Flasche."

"Und welche Flasche soll das sein?"

"Ganz normale Wodkaflasche. Die Marke ist egal. Gorbatschow, Smirnoff, Beluga, Moskovskaya oder Krugmann Fuckoff. Du hast einen Garten?"

„Nein, nur einen Balkon."

"Dann geh mit mir nachts in den Ruhewald, suche einen Baum aus und versenke mich heimlich."

"Ja", meinte ich. "Ich werde es mir überlegen. Aber gib mir bitte etwas Bedenkzeit."

## Analoge Zeiten

"Wat hatt her et he jood!" mit diesen Worten kam einmal ein waschechter Kölner aus der Weinstube an den Tisch nach draußen und sagte weiter: "Ming Ahl well sich scheie losse." Dann fragte er auf Hochdeutsch: "Verstehen Sie mich?"

"Na klar", antwortete ich. "Ich habe eine Zeit lang in Köln gelebt und manchmal auch das Hänneschen-Theater besucht."

"So? Wirklich? Was habe ich denn gesagt?"

"Was habt ihr es hier gut. Und dann haben Sie sich beklagt: Meine Alte will sich scheiden lassen."

"Richtig", sagt er. "Gut, junger Mann! Wissen Sie, ich bin jetzt 92 und dann kommt die Elsbet mit sowat. Die ist doch senil. Warum haste mir dat nit für fuffzich Johre jesaat!? sage isch. Da war et noch früh jenoch. Weiber! Da guckt man nicht dahinter."

Und dann redete er weiter, auf Hochdeutsch, mischte es manchmal mit Dialekt. "Auf sowat wie hier könnt ihr stolz sein, ne Weinstube, ne singende Wirt. Dem müsst ihr ein Denkmal setzen, e Stroß nach ihm benenne. Dass es so etwas noch gibt! Nee, nee, wie haben sich die Zeiten geändert! Wie sagt man? Da war alles noch analog und herzlich. Heute sind die ja alle stranguliert und gehorsam geworden. Nirgendwo darfste mehr rauchen. Erwischen se dich im Zug, in der Eisenbahn, mit ner Fläsch Bier in der Hand, musste Strafe bezahlen. Die han doch all ne Schuss! Langweilig sind die. Was waren das für schöne Zeiten! O Jott, o Jott! Dummse Tünn und Schäfers Nas. Da gab es noch Kneipen wie den `Wilddieb´, die `Klappsmühle´ oder die `Love-Story´. Da konnste drinne qualmen wie de wolltest. Manchmal war dat auch jood so. Da konnste vor lauter Qualm net mieh gucke, wie die Weiber wirklich aussahen. Den Schreck haste erst am Morgen bekommen. Gestern war die doch noch schön, haste gedacht. Und heutzutage? Die dusseligen Dinger! Dich unterhalten met denen kanns de net mieh. Die fummeln doch nur noch am Handy rum."

So schimpfte und philosophierte er eine Weile weiter, fragte mich zum Schluss: "Stimmen Sie mir zu, junger Mann?"

"Auf jeden Fall!" sagte ich. "Analog war besser. Heute hängt man in Warteschleifen, muss sich zu Besuchen online anmelden und so weiter. Hat die Digitalisierung die Menschen glücklicher und zufriedener gemacht? Nein! Es wird noch so weit kommen, dass man, will man mit seinem Weib schlafen, eine PIN-Nummer in den Bauchnabel drücken muss."

## Esoterikerinnen

Ab und zu gesellt sich auch eine Esoterikerin an meinen Tisch. Ich weiß nicht, was ich davon halten soll. Mir will es nicht gelingen, Zwerge zu sehen oder Elfen in Blumenblüten. Auch entzieht es sich der Nachprüfbarkeit, ob die Dame in einem vorherigen Leben tatsächlich die Frau eines ägyptischen Pharaos war oder römische Tempeldienerin. Ich muss indes zugeben, dass es zwischen Himmel und Erde Dinge gibt, die man nicht erklären kann, bei denen die Ratio versagt. So verstehe ich bis heute nicht, wie es möglich ist, dass man zum Beispiel ein Tennisspiel in Australien als Übertragung zu mir nach Hause schicken kann. Wie nur fliegen die Bilder durch die Luft? Wir nehmen das heute als selbstverständlich hin, aber rätselhaft ist es trotzdem. Für mich jedenfalls. Und was die Wiedergeburt betrifft, weiß ich auch nicht Bescheid. Kann sein, kann auch nicht sein. Ich würde die Geschichte vom Dalai Lama ja gerne glauben. Der alte Dalai Lama war gestorben und die Mönche gingen auf die Suche nach seiner Wiedergeburt, fanden nach ein paar Jahren auch einen Knaben, dem sie Gegenstände vorlegten, die der alte Dalai Lama besessen hatte. Und sie legten dazu auch Dinge, die er nicht hatte. Zielsicher soll sich der Knabe mit den Worten "Das ist meins" genau die Gegenstände gegriffen haben, die dem vorigen Dalai Lama gehört hatten. Wahrheit oder Legende? Ich weiß es nicht.

Nun, einmal kam eine schon ältere Dame zu mir nach draußen, legt ihr Feuerzeug auf den Tisch, zieht eine Zigarette aus einer Schachtel, schiebt sie sich zwischen die Lippen, blickt suchend auf den Tisch, fragt: "Wo ist mein

Feuerzeug?" Ich sehe es, schweige aber, helfe ihr nicht. Sie schüttelt den Kopf, sagt: "Da sitzt ein Zwerg drauf. Manchmal narren uns die Geistwesen, spielen Schabernack. Ich habe das Feuerzeug doch eben noch auf den Tisch gelegt. Haben Sie das etwa genommen?"

"Nein", sage ich. "Aber wenn ein Zwerg darauf sitzt, kann man ihn mit einem Spruch vertreiben."

"Und wie geht dieser Spruch?" fragt sie.

"Tippe, tippe, tapp, Zwerg hau ab!"

Sie blickt verblüfft auf den Tisch, sagt: "Tatsächlich. Ach, da ist es ja. Wie haben Sie das nur gemacht!?"


## Die Schweine-Rutsche

Nicht wenige wandern aus. Aus einem Land, in dem neuerdings Bücher erscheinen wie `Abgewrackt: Wie Deutschland ruiniert wird´ oder `Heimsuchung: Deutschland im Wahn´. Die Meisten verziehen sich nach Spanien, manche auch nach Übersee. Nach Kolumbien zum Beispiel, wo die Rente das Vierfache wert ist oder nach Thailand, wo man selbst im fortgeschrittensten Alter noch die Zuneigung einer weiblichen Seele findet. Ab und zu kommt solch ein Ausgewanderter auch für ein paar Wochen auf Heimaturlaub. Solch einer war der achtzigjährige, ehemalige Metzger Matthias Bäcker. Er besuchte dabei so wie früher auch die Weinstube und erzählte, wie gut es ihm mit einer neuen Geschäftsidee in Thailand ging. In der Nähe von Khao Lak, an der Andamanischen See, hatte er eine Wiese gepachtet, die umittelbar am Meer lag. Hier züchtete er schwarze Schweine, ließ sie frei laufen und hatte ihnen eine schanzenförmige Rutsche gebaut, die sie bequem ersteigen konnten. Unter fröhlichem Quieken schossen sie dem Wasser entgegen, fielen aus einem Meter Höhe hinein, schwammen an Land und rutschten erneut.

Du glaubst gar nicht, wieviel Spaß die daran haben", erzählte Matthias. "Schweine sind hochintelligente Tiere. Wegen meiner Erfindung schmeckt das Fleisch viel besser. Meine Schweine sind sehr gefragt. Du siehst also, was Freude im Leben bewirken kann."

Ein Schweine-Schicksal, dachte ich. Sich erst vergnügen und dann geschlachtet werden.

## Maja

Beschließen wir diesen kleinen Reigen von Geschichten mit Max, jenem Mann, dem eine Amazone so übel mitgespielt und der die Beweglichkeit seiner Beine eingebüßt hatte. Dieses Attentat hatte allerdings auch eine positive Auswirkung. War Max zuvor ein eher mürrischer und auch angeberischer Typ, der gerne mit seinem Reichtum prahlte und jedem erzählte, wie gut er Goldbarren in seinem zweigeschossigen Haus versteckt hatte, so entwickelte er jetzt eine vitale Energie, trainierte seine Arme, bis sie so kräftig waren, dass er auf den Händen laufen und Treppen ersteigen konnte. Ein Rest von Manövrierfähigkeit war ihm geblieben. Er konnte nicht mehr gehen, aber die Knie noch an der Brust anwinkeln. Ich besuchte ihn ab und zu in seinem Haus zum Schachspiel. Einmal sah ich voller Erstaunen, wie er behende vom oberen Geschoss die Treppe auf den Handflächen

herunterhüpfte, mit einer Geschwindig-
keit, die Gesunde kaum mit den Beinen
erreichen können.

Er hatte einen einfachen klappbaren
Rollstuhl und hatte sich vor lauter
Lebensfreude ein Kawasaki-Quad zugelegt
mit einem Hubraum von mehr als 50
Kubikzentimetern. Damit machte er
Touren, raste den Rhein entlang bis nach
Bingen und bekam regelmäßig Protokolle,
weil er sich nicht an die Helmpflicht hielt.
Und er bekam auch Protokolle, weil er das
Tempolimit ignorierte. Aber all das zu
bezahlen, machte ihm nichts. Er hatte als
Ingenieur in den verschiedensten Ländern
Südamerikas Ölraffinerien gebaut und sich
ein hübsches Sümmchen erspart.

„Die Polizei kann mich am Arsch
lecken", sagte er zu mir. „Wenn ich mir die
Ohren abfahre, ist es eben vorbei. Die
Beine sind ja sowieso schon weg. Mich
hindert keiner mehr an meinem neuen
Tempo."

Fuhr er zum Einkaufen nach `Edeka´, so
hatte er einen Zettel mitgenommen, auf
den er geschrieben hatte, was er brauchte.
Er wartete mit dem Quad am Eingang,
sprach die Leute an, sagte: "Ich komm mit
dem Ding nicht rein. Könnten Sie bitte für

mich besorgen, was auf dem Zettel steht?"
In aller Regel fand sich auch jemand, der
ihm half. Zu Beginn seiner Lähmung war
täglich noch ein Pflegedienst gekommen,
kassierte 3000 Euro im Monat und
durchsuchte auch das Haus nach den
Goldbarren, fand aber nichts. Mit
wachsender Kraft der Arme wuchs auch
die Selbstständigkeit, bis er nicht mehr auf
den Pflegedienst angewiesen war. Dafür
lernte er aber beim Einkaufen eine
52jährige, recht hübsche und sympathische
Polin kennen namens Maja, die in der
Coronazeit ihren Job als Kellnerin verloren
hatte. Er stellte sie als Haushaltshilfe und
Pflegekraft ein, kaufte ihr auch einen
kleinen Fiat 500, so dass sie jeden Tag zu
ihm kommen konnte. Max zahlte ihr ein
hübsches Honorar, 2500 Euro im Monat,
und bald wohnte sie ganz bei ihm. So
verwunderte es mich nicht, dass er mich
eines Abends fragte: "Darfst du noch
Trauungen machen?"

"Nein. Das ist vorbei. Aber als
Trauzeuge stehe ich dir gerne zur
Verfügung. Du liebst sie?"

„Ja. Und wie. Ohne sie halte ich es gar
nicht mehr aus. Ich habe das Gefühl, dass
mein Leben mit ihr erst angefangen hat.

Der Altersunterschied ist mir völlig egal.
Und ihr auch. Wenn wir verheiratet sind,
gehe ich mit ihr auf Weltreise. Ohne
Rollstuhl. Ich kann jetzt mit den Händen
schneller laufen als du mit deinen Beinen."

www.ruediger-schneider.net